Entr'actes de Pierres

par MAURICE GUILLEMOT

Eaux-fortes d'EUGÈNE BÉJOT

1899

H. FLOURY
Éditeur
1, Boulevard des Capucines.

Entr'actes de Pierres

JUSTIFICATION DU TIRAGE :

325 exemplaires

1 à 5. Cinq exemplaires sur japon impérial, avec un dessin original d'Eugène Béjot.

6 à 25. Vingt exemplaires sur japon impérial avec double suite des eaux-fortes.

26 à 325. Trois cents exemplaires sur vergé d'Arches.

N° 19

Entr'actes de Pierres

par MAURICE GUILLEMOT

Eaux-fortes d'EUGÈNE BÉJOT

1899

H. FLOURY, ÉDITEUR

1, Boulevard des Capucines

Paris

Entre des pavés vieux d'un siècle, qui ont été secoués par le passage des charrettes menant à la guillotine, qui ont été ébranlés par les défilés de canons, qui tressaillirent aux acclamations saluant l'Empereur et Roi, qui subirent le contact infamant et odieux des Alliés, que remuèrent les émeutes et les Révolutions, qu'enthousiasma Juillet, que navra Décembre, sur lesquels neigea 1870, avec quoi le 18 mars fit ses barricades, — des graminées poussent, une flore multiforme et imprévue s'épanouit, de la poésie naît sans cesse, la nature généreuse consent à égayer la Ville, de la verdure et des parfums rompent la monotonie architecturale des quartiers et des façades, mettent une aigrette colorée aux pierres de taille, agrémentent les corniches, adornent les balcons, évoquent Sémiramis sur les gouttières, sont le charme de Paris.

La flore du pavé compte 209 espèces et cette statistique que l'on doit à M. Vallot, a été citée par M. Jules Claretie : " C'est incroyable, dit-il, ce qui pousse à Paris, autour de nous, sous nos pieds, sans que nous nous en doutions. On a trouvé — chose curieuse — la moutarde sauvage, " Sinopis, " quai d'Austerlitz, place du Carrousel, et autour de l'Arc de Triomphe; le chou, — oui, le chou — quai d'Orsay; la giroflée un peu partout sur les murailles; le cresson, au quai Henri IV et sur tous les quais du reste; la luzerne au boulevard de Bercy; le trèfle, autour des grilles des arbres; la verveine sur le terre-plein du Pont-Neuf; la lentille, boulevard Voltaire; la garance sur les berges du canal de l'Ourcq, à la Villette; la chicorée quai de Grenelle; la laitue! — la laitue! — place du Carrousel; l'orge, autour de l'Arc de Triomphe, et jusqu'à la carotte, quai de Grenelle et dans les perrés de l'île des Cygnes."

C'est pourquoi ce que nous voulons faire, Alphonse Karr qui a écrit " Voyage autour de mon jardin " eut pu l'appeler " Voyage autour de ma ville " et pour un parisien parisiennant c'est bien le titre qui conviendrait.

Il y a aux Archives des livres, des albums, des mémoires, toute une documentation rétrospective, de l'archaïsme d'impressions, des volumes et des notules, de la prose et des vers, de l'histoire et de la chronique, le tout concernant la Ville, — nous y joignons cette plaquette qui s'épigraphie d'une phrase des " Treize " par Honoré de Balzac : " Ces observations, incompréhensibles au-delà de Paris, seront sans doute saisies par ces hommes d'étude et de pensée, de poésie et de plaisir qui savent récolter, en flânant dans Paris, la masse de jouissances flottantes, à toute heure entre ses murailles. "

Les jardins de Paris sentent le renfermé.

Cet alexandrin calomniateur a dû être écrit en quelque parc Monceau haussmannisé, devant les parterres réguliers, les bordures fastidieuses de nos Lenôtre officiels, aussi n'est-ce pas en ces décors, d'où est exclu le pittoresque, que nous voulons voir la Nature à Paris, mais parmi l'initiative privée, dans le jardinet de l'éclusier ou de l'aiguilleur, sur le balcon de l'ouvrière ou de l'écrivain, sous la tonnelle de l'invalide ou du cantinier, sur la charrette du biffin ou le ponton du pénicheur dans l'enclos du presbytère ou dans le champ des morts, partout où la verdure, les fleurs, couleurs et parfums, sont pour les artistes et les humbles une joie, une consolation, un rayonnement, un délice.

C'est au marché aux fleurs que s'achète la terre, la terre elle-même, dont on remplira les jardinières, dont on saupoudrera les balcons, dont on terrassera des cinquièmes de soubrettes ou d'étudiants. A côté des pots de géraniums, des bannes de boutures, il y a des paniers emplis d'humus, matière première indispensable; et le point de départ de notre flânerie doit être au quai aux fleurs.

" Il est singulier que Paris ne possède pas un marché aux fleurs convenable ou simplement couvert comme les Halles. Pourquoi n'y a-t-il pas une halle aux fleurs bien installée, comme la halle aux légumes et la halle aux poissons? "

La phrase est d'Alphonse Karr, datée de décembre 1866.

Si, il y a quinze ans déjà, le bon vieil ermite, à la longue barbe blanche sur le veston de velours noir, avait voulu quitter son exquise oasis de Saint-Raphaël pour revoir ce Paris qu'il embaumait de ses envois de violettes après l'avoir ébloui de sa verve et de son esprit, il aurait pu constater que le vœu formulé par lui était exaucé; il lui eut fallu s'en rendre compte surtout une veille de la Sainte Marie, la fête la plus fêtée du calendrier.

Entre la sévérité imposante, moyenâgeuse presque, de la Conciergerie et la tristesse de l'immense Hôtel-Dieu, entre la Seine encaissée, quasi invisible, et la Préfecture de Police toute animée d'un va-et-vient de gardes municipaux, sont établis à demeure des abris aux toits pointus, aux colonnettes de soutien très légères; deux petites fontaines qui coulent incessament mettent au milieu un éclat de limpidité, un susurrement de fraîcheur.

C'est là que se tiennent le dimanche le marché aux chiens et aux oiseaux, tableau de Paris peint si souventes fois, les mardis et vendredis, le marché aux fleurs.

Celui-ci, pour la Sainte-Marie, pour la Saint-Louis, pour la Toussaint, dure et se prolonge trois jours, et les éventaires, les étalages, les entassements, les amoncellements débordent sur le quai de la Cité, au long du Tribunal de Commerce, se continuent sur le quai aux fleurs et vont même jusqu'au pont d'Arcole, en face l'Hôtel de Ville.

J'y fus flâner le 15 août dernier.

Dès la place du Châtelet, on commence de rencontrer des gens porteurs de pots encolerettés de papier blanc; ce sont des ménagères des quartiers lointains, de faubourgs, qui avec les gosses sont venues et ont acheté le cadeau fleuri pour l'aïeule impotente ou pour la grande sœur aux cheveux fous qui jouera la surprise en rentrant de chez sa patronne et cachera sous sa pèlerine le petit bouquet glissé par l'amoureux.

Des femmes en noir passent, fleuries aussi, des veuves, des mères, des orphelins, dont la vie est hantée par un deuil, et qui profitent de cette fête pour orner une tombe.

Des fiacres stationnent, où l'on range les emplettes de la cliente qui visite les marchandes; le cocher cause aux fenêtres de l'Hôtel-Dieu avec des malades en bonnet de coton montrant leurs figures hâves; une silhouette de religieuse s'aperçoit derrière les vitres, le visage calme sous la cornette, les mains blanches dévidant un écheveau de laine.

" Allez, si je n'avais pas peur que " la toile crève ", vous ne l'auriez pas; ah, c'est bien celui-là, ne craignez pas de le regarder! " Et le garçon jardinier qui voit d'un mauvais œil le ciel couvert où courent de gros nuages sombres gonflés de pluie, ficelle le géranium qu'une femme emporte avec sollicitude.

De toutes parts, on marchande, on discute, on se quitte, on se rappelle : " Hé, le plongeur! " La face luisante, les mains grasses, les manches retroussées, grand tablier bleu, l'homme qui s'éloignait revient, et, colloques, prix débattus, l'affaire se conclut enfin: cette plante aux feuilles veinées de pourpre, ce coléus fera très bien devant Mademoiselle sur le comptoir entre les soucoupes des morceaux de sucre et les carafons de fine.

On va même jusqu'à l'altercation, deux caracos blancs s'empoignent dans un langage imagé, un rassemblement se forme, les spectateurs prennent fait et cause, le sergot arrive, et, avec une gravité prud'hommesque de Pandore, sépare les groupes en formulant : " Tout le monde met son mot et on n'y comprend plus rien ".

Partout il y a de l'animation : les commissionnaires, leur plaque jaune battant au gilet, sont rangés en haie, attendant qu'on les envoie de ci de là par la Ville, messagers de souhaits, de baisers, de souvenirs. De ceux-là le fardeau sera précieux, car il n'y en a pas que pour les petites gens au marché aux fleurs ; voilà de bizarres et coûteuses orchidées, des caladiums aux immenses feuilles, des clématites avec leurs lianes graciles, des cannas florifères, des gloxinias, des azalées, des anthuriums, des bégonias ; le vulgaire et chaud geranium est en nombre ; les plantes d'appartement aussi font des coins de verdure fraîche, des palmiers, des phormiums, des caoutchoucs, et tous les pots sont entourés de papier blanc, ce qui donne un aspect très spécial à ces parterres de fête.

Dans la nuit, très tard, les voitures à bâches grises, les tapissières à carreaux pleins remontent le boulevard Saint-Michel, s'en retournent à vide vers Malakoff, Chatillon, Fontenay, Sceaux ; les pourvoyeurs de la Sainte-Marie, de la Saint-Louis, de la Toussaint, ont fini leur vente, — Paris est fleuri.

L'éclusier de la Bastille, lui, a nul souci des choses marquées au calendrier, il est comme Candide tout simplement, il cultive son jardin en quiétude d'âme, le long, tout le long de l'année, et il est à la campagne malgré les tramways qui passent proches.

De chaque côté de l'écluse étroite qui s'enfonce sous la voûte conduisant au grand bassin de la Bastille, ce sont des terrains champêtres, — les pavillons d'architecture municipale à l'aspect d'anciennes barrières dissimulés par la verdure des arbres, sous les acacias aux teintes variées, il y a des tourelles, des poulaillers, et, venant jusqu'au pont Morland dont les séparent des grilles, un enclos de vignes basses grimpant à des armatures de berceaux, le tout très feuillu, plein de grappes, avec, dans l'intervalle des rangées de ceps, des petits pois, des légumes.

Des pots d'œillets, un tonneau pour arroser, la niche du chien, des abris pour la basse-cour.

Des poules picorent, des enfants jouent, un kiosque est surmonté d'un pigeonnier, des allées sont bordées d'iris et de glaïeuls, des lauriers-roses dans des caisses, des youkas, et c'est comme un moyen terme entre la Nature qu'est l'eau, la vie de la rivière où les sirènes hululent, où les remorqueurs sifflent, où des bateaux s'empanachent de fumée, — et la Ville bruissante du voisinage des gares, du branle-bas des fardiers, des départs et des arrivées...

Une distraction lui est d'aller tourner la manivelle pour faire mouvoir les lourdes portes noires et massives, mais là encore il continue son rêve agreste; jusqu'à la petite cabane qui est tout contre le passage, il y a un revêtement de glycines, un joli cadre de feuilles.

La maison aux enseignes bleues (Avis de la Ville) est tout habillée de lierre, et, de l'autre côté d'une allée qui s'élargit devant la porte, il y a un clos avec des plates-bandes, des groseillers en bordure, des arbres fruitiers en éventail.

Et c'est, dans Paris, dont la rumeur s'agite tout à l'entour, un véritable coin de province où, sur le square du panorama de la Bastille, des amateurs de palet jouent, dans un cercle de spectateurs qu'on croit entourer des saltimbanques; ce sont de vieilles gens, d'aucuns avec le ruban violet, et l'on ne subit pas le décor, on est dans une rumeur indistincte où le fleuve met une clarté remuante et calme tout à la fois, un apaisement de miroir rayé par des passages de bateaux.

Les joueurs ont leur tabouret et un petit chiffon noir pour envelopper et nettoyer les palets poussiéreux; contre un arbre est accrochée la marque (de boules comme au billard), le sable est défoncé.

On fait ainsi la partie sous l'orme du mail, tout à côté du vignoble de l'éclusier, tandis que sur le fleuve et sur le canal passent les péniches, roulottes d'eau, véhicules de commerce et de rêve, amusants à suivre, à regarder, à étudier, qu'on les considère en station à Saint-Denis devant l'entrée du canal, ou bien traînés par la longue corde du remorqueur, ou bien encore immobiles accotés au quai de déchargement.

Chemineaux de ces " chemins qui marchent " selon l'expression de Pascal, ils ont, les pénicheurs, la passionnette d'un brin de feuillage, d'une palette de fleurs, et leur réduction d'habitation est ainsi complétée par les caisses de plantes qui ornent le pont près de la fenêtre de leur chambre, qui ombragent la table où l'on prend ses repas, le banc où l'on muse entre la lessive qui sèche, tandis qu'au dessous l'âne ou le mulet, bête de renfort pour les halages, mâchonne son foin, s'ébroue en son étroite écurie flottante.

Bien que leur coquetterie paraisse s'attacher seulement et surtout aux lauriers-roses des établissements de bains, aux simples geraniums des corbeilles de banlieue, aux fuschias des souhaits de fête, ce sont eux cependant, les pénicheurs, qui, à leur insu, entretiennent et enrichissent la flore parisienne, cataloguée par M. Vallot.

Du Nord et du Midi, de l'Est et de l'Ouest, les grands bateaux plats apportent d'innombrables graines dont les fouette la brise, semence éparpillée au hasard des saisons, qu'ils promènent par toute la France, qu'ils déposent çà et là, et qui poussent alors parmi les ruines de la Cour des Comptes, dans les Chantiers de l'Exposition, sur les toits même des maisons.

C'est sans doute d'une péniche, descendant le courant du fleuve, que s'envola l'imperceptible graine d'où naquit l'arbre de l'Opéra.

Une des curiosités de Paris, ce platane qui pousse ses rameaux au-dessus de la grande porte de l'Administration, du côté du boulevard Haussmann, et qui ajoute un étrange pittoresque à l'architecture de Charles Garnier

> Garnier, grand-maître du fronton,
> De l'astragale et du feston.

comme lui écrivait Théophile Gautier. Il faut féliciter la direction des Beaux-Arts de n'avoir pas trouvé déshonorant pour l'Académie nationale de musique cet exilé d'une forêt lointaine peut-être, et de le laisser croître en toute sécurité au-dessus des jolies passantes du corps de ballet.

Les membres de l'Institut ont eu la même raisonnable indulgence pour la vigne qui décore le vieux puits de la cour du Palais Mazarin, — et de la morne et antique demeure c'est le seul sourire, — sourire à peine visible, dissimulé à l'arrière-plan comme s'il faisait honte à la majesté vénérable de l'entour.

Quand on arrive du quartier latin et qu'on descend vers les quais par la rue Mazarine, on trouve, après la rue Guénégaud, le passage du Pont-Neuf, immortalisé par la " Thérèse Raquin " de Zola, puis, une porte basse dans une façade noirâtre, une porte dont l'officialité est révélée par un drapeau. Par là on peut pénétrer à l'Institut, — ce n'est pas l'itinéraire que suivent les candidats.

Entre des bâtiments aux vitres couvertes de taies, aux rideaux sales, une courette solitaire dont une entrée porte inscrit sur son fronton de bois : " bureau des longitudes "; c'est laid, antique, grisâtre, silencieux, avec un aspect de site abandonné, de pompéienne extinction, et cette vigne qui monte aux ferrures de ce puits a l'air de s'ennuyer là, étonne par sa vitalité résistante, par son ancienne énergie qui persiste et qui dure, par l'enlacement fidèle de ses sarments tortueux; avec cette tige de paratonnerre qui lui est un sombre tuteur, avec cette fenêtre qu'elle bouche de ses feuilles, avec à côté sur la margelle les pots de fleurs du concierge, cela fait un décor moisi, vétuste, on songe à Picciola, et l'on a envie de plaindre cette pauvre vigne qu'a contemplée jadis M. Cousin, amoureux tardif de Mme de Longueville, et dont M. Villemain lui prit des greffes, — ce bon M. Villemain, qui, tout comme Jenny l'ouvrière, avait sur son toit des giroflées.

La grande cour de l'Institut où murmure la fontaine classique à tête de Minerve, où somnolent les Louisquatorzièmes vases sommés de flammes ainsi que lampadaires de funérailles, où s'empoussière une architecture solennelle à colonnes et à pilastres, est une sœur aînée, vieillie, revêche, maussade de la courette du puits; et tandis qu'elle n'est fréquentée que par des vieillards, graves et savants, qu'elle écoute le nonagénaire M. Legouvé conter ses souvenirs de la Restauration à la barbe blanche de M. Picot, qu'elle admire la prestance académique de J. M. de Heredia-Oronte, la démarche timide et fatiguée de Sully-Prudhomme, le nez ex-élyséen de M. Sorel, le plastron impeccable de M. Henry Houssaye, fils d'Anacréon, qu'elle déplore l'air maladif quoique patriotard de

M. Coppée, et s'épouvante de la bicyclette de M. Larroumet, secrétaire perpétuel, la cadette est tout embellie par instants de jeunesses joueuses, d'élèves hommes et femmes des Beaux-Arts, l'idéal aux deux crayons, de rapins faisant des rapines de flirts pour le vrai motif et de baisers, oui, de gentils et prestes bécots devant la porte du " bureau des longitudes ", brrr! j'ai vu là des commencements d'idylle, les cartons à dessins et les boîtes à peinture posés sur l'appui des fenêtres (afin de laisser les mains libres), — l'Amour dans les ruines, la Nature dans Paris; entractes de pierres encore!

" De la lumière ! de la lumière ! " ce cri de Gœthe mourant, nous le répétons tous, nous autres citadins enfermés au dédale des rues, dans les ruches des immeubles, bientôt new-yorkais, en ces carpharnaüms de bâtisses qui montent leurs étages vers le ciel, et l'on va se loger très haut pour avoir du jour, de l'air, de la verdure aussi ; on citait jadis le père de M. Lockroy, Philippe Lockroy, cabotin et librettiste, qui avait installé un verger, au cinquième, rue Vivienne, et, pour ses poires superbes, remportait des prix aux expositions ; dans " Grandeur et décadence de César Birotteau ", Balzac nous dit de son M. Molineux : " ... il demeurait dans un des angles, au sixième étage, par raison de santé : l'air n'était pur qu'à soixante et dix pieds au-dessus du sol. Là, ce bon propriétaire jouissait de l'aspect enchanteur des moulins de Montmartre en se promenant dans les chêneaux où il cultivait des fleurs, nonobstant les ordonnances de police relatives aux jardins suspendus de la moderne Babylone.

Ces jardins suspendus se créent un peu partout maintenant dans la Ville, il en est rue de Valois, au septième, des terrasses de six cents mètres plantées d'arbres en plein rapport, il en est place de la Concorde au sommet de l'Automobile-Club, on prend l'ascenseur pour aller trouver le rocking-chair de la sieste ; en 1900, le panorama de Paris sera tout égayé ainsi de parcs en miniature juchés entre les cheminées, sur les toits. Mais cela, qui fait partie des nouveaux plans des architectes actuels manque, naturellement, de pittoresque et de fantaisie ; combien plus intéressants les simples balcons des boulevards, celui de Mme Rattazzi où s'étiole, symbolique, un caoutchouc disgracieux, comme parcheminé, — celui de Séverine où elle tient son fameux " Carnet " pour tous les

moineaux d'alentour ; voici, d'elle-même, un précieux texte à la jolie eau-forte de Béjot :

" ... C'est la saison des nids. Sur mon balcon — le plus beau de Paris, s'il vous plaît ! — les moineaux piaillent, s'ébrouent, se font, de l'un à l'autre sexe, mille révérences et mille grâces, parmi les huppes vertes des jeunes pousses.

" Sous l'ingénu soleil d'avril, ils viennent, par couples, visiter mes " appartements à louer " ; les six pots de fleurs troués, accrochés, perdus dans la verdure des entre-fenêtres, douillettement garnis, à chaque renouveau, par mes soins, de crin, de duvet, de brins de laine, enfin de l'installation nécessaire.

" Je loue en meublé.

" Je tiens gargote aussi : dans les deux grands plateaux suspendus, pleins de chènevis, et d'au moins chacun douze couverts, soit vingt-quatre convives à la fois, et la table d'hôte ne désemplit pas ! Car ceux qui s'en vont contents m'envoient du monde.

" C'est dire !

" Il en vient de Montmartre, ébouriffés ; de la plaine Monceau, très snobs ; du fond de Grenelle, un peu gouapes ; de Picpus, très faubouriens. Ils arrivent, picorent, s'envolent. Parmi eux je suis populaire, cela est sûr. Et parfois, dans mes promenades lointaines, voyant un pierrot qui se penche et me regarde de côté, d'un air entendu, je me dis : — C'est un client !

" Il y a de la mauvaise pratique et même des cambrioleurs ! Les bêtes ont trop fréquenté l'homme : cela devait arriver ! Parfois, on me dévalise. L'endroit ne leur convenant pas, d'indélicats oiseaux font " une cloche ", emportent le mobilier. Et pas la cloche anarchiste où l'on n'emporte que son bien, après tout, pour le sauver

de la saisie; mais la cloche de droit commun où il est attenté à la propriété d'autrui.

" Ils viennent, s'installent, font les satisfaits, m'abusent, endorment ma vigilance. Puis, un matin, il ne reste que la poterie! Pris de la nostalgie d'on ne sait quelle cheminée, d'on ne sait quel trou, ils ont voulu concilier le bien-être rencontré ici avec leur prédilection pour l'ancien foyer. Laine, duvet, crin, bout par bout, plume par plume, ces gredins ont tout emporté!

" Et dépourvus de sens moral, ils me viennent encore narguer; continuent de se venir alimenter chez moi; y font la sieste, à l'ombre, — et m'amènent, très fiers, leur tiaulée de petits!

" Le restaurateur ne chôme pas, alors!

" Et cela me vaut des minutes délicieuses, où le tapage de tous ces mioches m'interrompt de travailler, de lire ou d'écrire, tandis que le père et la mère s'actionnent à la becquée. "

Elle est ainsi la bonne dame des petits, des humbles, des prolétaires, ou plutôt, elle était — et cet imparfait est mélancolique, car la maladie est venue, la maladie hélas! snob, Paris a été délaissé pour la province, le boulevard Montmartre pour Pierrefonds ; il fut...., le fameux balcon. Séverine lui a écrit un adieu touchant :

" Il fut, mon balcon — il fut même célèbre parmi les amateurs de jardins suspendus. Et le voici devenu tel qu'à mon arrivée dans l'immeuble — désert de pierre où même la racine d'un menu brin d'herbe n'arrivait pas à se fixer.

" C'est très laid. Le voisinage a pris une physionomie de reproche : les moineaux même (dont cependant la table est demeurée servie) pépient des couics de blâme tout au long de la rampe de fonte... "

Avant celui-là, il y avait déjà eu un exode, de la maison du " Cri du Peuple " à celle de " la Libre Parole " : " ... mon nid changea de toit, et il fallut transférer pied par pied — avec quelles précautions et quelles délicatesses ! — l'artificiel Paradou.

" Chose curieuse ! les oiseaux suivirent. En récompense, j'accrochai dans les entre-croisées des pots de fleurs troués et garnis de crin, de duvet, les mangeoires familières où les mioches ailés, menés par leurs mamans, disparaissaient dans le grain jusqu'au bec.

" Et l'on recommença de vivre ensemble, bêtes, plantes, gens, les soirs mélancoliques et les matins joyeux... "

L'aventure pittoresque est terminée.

" Je songeai que, pour mes camarades de tant d'années, l'heure du repos était venue : que là-bas, à Pierrefonds, dans le beau sol Franc, suivant un mur aux pierres moussues, il était un joli coin dominant la vallée où elles seraient si heureuses, si heureuses, dans la sérénité de la campagne !

" Plus de bruits vains, de chaleur calcinante, plus de souillure de suie, ni d'air empesté de la buée des haleines!

" Et ce fut vite fait. Et de mes mains, pieusement, je les ai couchées, dressées, en la calme retraite qu'a choisie ma prédilection. A l'abri des rayons brûlants, à l'abri des rafales cinglantes, elles vont, libérées de l'humanité, croître et s'étendre. Elles retournent à la bonne nature, leur mère, leur créatrice, après avoir treize ans durant, vécu l'intense vie parisienne, donné aux citadins l'illusion, aux oiseaux l'abri, à mon front, de l'ombre, à mes yeux, l'aumône de leur grâce ou de leur fantaisie.

„ Elles n'entendront plus que les " Angelus, " doux et graves, tombant du vieux clocher; le chant des merles; les appels des bouviers, à l'horizon — et parfois la chanson d'un bûcheron au pas traînant, la cognée sur l'épaule, revenant d'abattre l'arbre qui, en fumée, deviendra nuage et calmera la soif des autres arbres, dans l'ondée où rit le soleil! "

L'estampe, enclose ici, est donc maintenant documentaire, représente un aspect de Paris qui n'est plus, a droit aux archives de la ville.

Cette bonté indulgente de Séverine " qui s'étend à toute la nature " se serait certes associée à celle du regretté maître Cladel en faveur de Kerkadec, le garde-barrière.

Posté à un passage à niveau, en rase campagne, ou bien à une aiguille, à la sortie de Paris, ayant une responsabilité permanente, l'employé de chemin de fer est un des rouages les plus dignes de pitié de la grande machine humaine; cet homme qui, à une minute précise, en faisant manœuvrer un levier, dispose de notre existence, tient notre vie entre ses mains, envoie les trains à la station ou... à la mort, pour ce est supposé un enfiévré, un anxieux, un nervosif; tandis qu'au contraire, familiarisé avec sa profession, incrédule aux accidents, ingénument fataliste, il en arrive à faire son métier monotonement, par habitude, il obéit à la routine, et, au milieu de cet enfer de roulements, d'ébranlements, s'amuse, entre les heures de trains, à jardiner.

" Les postes d'aiguilleurs, en avant des autres du pont de l'Europe, montraient leurs petits jardins nus." Telle est la description sommaire de Zola dans " la Bête humaine. " Il ne connaissait pas celui que nous montrons ici, à l'orée de la Ville, entre les fortifications et Levallois-Perret; la cabane est enguirlandée de feuillage et, entre des bordures faites avec de vieilles caisses, il y a, parmi l'arachnéenne confusion des voies qui se mêlent, bifurquent, se prolongent, il y a un tranquille potager, un calme minuscule potager de village où les salades sont bien alignées, où les petits pois prospèrent, où les asperges même font leurs cinq ans.

Ici, la grande ligne avec les rapides de Cherbourg et du Havre, éclairs inaperçus, là les convois de bestiaux aiguillés sur de vagues Batignolles, mugissements éplorés dans les affres de la fin utilitaire, les uns et les autres lui indiffèrent, il bêche, il bine, il pioche, il plante, il arrose, et — se distrait à regarder fleurir ses soleils, comme le bourgeois de Raffaëlli.

Il pourrait regarder aussi le merveilleux décor qui s'évase à l'horizon, limité là-bas par la colline Montmartroise où les laides architectures, hélas! bientôt finies, du Sacré-Cœur blanchissent les si délicieux échafaudages; au premier plan c'est, au-dessus les pelouses pelées des talus des fortifs, les bâtiments neufs des magasins de décors de l'Opéra et de la Comédie-Française, puis, une montée de faubourg, tumultueuse, entassée, d'où suintent des fumées grêles et, après, le versant de la Butte avec ses caravansérails d'ateliers d'artistes, ses alignées de maisons comme perchées sur pilotis, ses vitres innombrables dans lesquelles, à l'heure du coucher, le soleil allume des brasiers d'incendie.

S'il tourne le dos à sa cahute, s'il boude l'agglomération de la ville, et que son regard s'en aille, comme les trains qui passent et filent vers la banlieue suburbaine, alors, c'est, après le sinus jaunâtre de la Seine, les verdures espacées d'Asnières, les coteaux d'Enghien et de Montmorency, le moulin de Sannois, et la barre sombre de la forêt de Saint-Germain, que souligne la terrasse limitée aux tourelles du Palais et à l'aqueduc de Marly.

Et tout ce vaste paysage aéré lui donne l'illusion d'une existence retraitée en pleine nature, d'une fin d'existence très calme inquiétée seulement par les aléas de la récolte, les gelées tardives qui brûlent les jeunes plants, les ondées d'orage qui noient les pousses, la sécheresse néfaste.

Le vieil invalide, lui, ne fait pas la culture si en grand, il a moins d'ambitions, d'ailleurs, là-bas, la marmite bout tous les jours, et retraité, il est nourri; son jardinet n'est donc que pur objet de luxe, il y a une tonnelle pour muser les méridiennes de l'été, un banc où asseoir la carcasse malmenée sur les champs de bataille, et des fleurs pour adorner une statuette de l'Empereur, mise là sur son socle par un Ancien; la napoléonite se continue, mais sans conviction, par habitude, et cette effigie fait encore partie intégrale du clos, bien que les vétérans de la Grande-Armée soient depuis longtemps disparus.

Cet entr'acte de pierres l'est plutôt de ferrailles, emprisonné qu'il se trouve actuellement entre la fastidieuse tour Eiffel, l'épouvantable et monstrueuse Roue de Paris, et les embryonnaires laideurs de l'Esplanade; parmi toute cette métallurgie encombrante il faut un effort de volonté pour goûter la quiétude des petits jardins alignés sur la terrasse bordée de canons glorieux et inoffensifs, pour admirer cette coupole d'or sous laquelle gît, dans une crypte, " l'homme prédestiné ".

Le prêtre est plus heureux que le soldat, il ne subit pas l'atteinte des bouleversements, le décor est immuable dans lequel il mène sa vie de calme et de recueillement, il a gardé son attitude des siècles passés ; à l'ombre des vieilles tours, toutes sonores de cloches, les mêmes sculptures fleurissent toujours, au sommet des piliers grimacent les mêmes gargouilles, dans les niches des colonnades s'érigent les mêmes saints et saintes au chef décapité ; et si la pierre n'était noircie par les ans, écornée par la pluie et le soleil, lézardée par l'âge, on aurait la douce illusion de se croire en une époque lointaine, en ce temps superbement romantique où la suave et laide figure de Quasimodo épiait la louche et sadique passion d'un Claude Frollo.

Cependant une toute petite modernité s'affirme ça et là, — entr'acte de pierres — le bon curé de maintenant a, lui aussi, la passionnette d'un brin de verdure, d'une palette de parfums, d'un peu de nature souriant parmi l'austère poème de Foi, et, que ce soit sous la fenêtre de l'archiprêtre de Notre-Dame, ou bien à la balustrade de l'église Saint-Merri, il se plaît à faire grimper des glycines, à faire fleurir des roses, — le moine de jadis enluminait, l'ecclésiastique d'aujourd'hui jardine.

Et c'est tout à fait charmant, ces oasis printanières qu'on voit çà et là, sur des terrasses d'église, dans des enclaves de presbytère, la simple soutane fait une tache noire parmi les massifs, les corbeilles, le pasteur des âmes semble s'apprendre et répéter avec les fleurs.

Les fleurs, elles sont aussi la joie des pauvres femmes qui n'ont plus d'âme, de ces êtres flétris, désemparés, aux regards fixes, aux cheveux en désordre, aux lèvres marmottantes, aux gestes brusques, à la démarche désaccordée, de ces déchets d'humanité

qui errent, somnolent, glapissent, rugissent, pleurent et rient là-bas, à la Salpêtrière; une véritable ville en un faubourg de la Ville, de grands bâtiments qui datent de Mazarin; entre eux des carrés de jardins; un qu'on appelle "la Hauteur" semble quelque coin de parc enlevé à Versailles, avec ses terrasses, ses avenues de grands arbres, ses ronds-points, ses perspectives; toute cette verdure donne à l'aspect général de la Salpêtrière presque un air de gaieté, quelque chose comme l'impression d'une maison de retraite, une villégiature en pleine campagne, mais tout de même dans un pays de souffrance où la Nature a altéré les formes de ses créatures, déprimant les crânes, atrophiant les membres, immobilisant des jeunesses en des poses d'affaissement sénile, émaciant des visages, contorsionnant des anatomies, caricaturant le grotesque et l'horrible.

Une vision parfumée néanmoins se trouve en cet Enfer au moment des lilas; après la neige carminée et féconde des cerisiers, des pommiers, avant l'épanouissement somptueux de la splendeur des roses, avant aussi la candide éclosion des lis, l'éclatance douce parmi le feuillage léger des grappes mauves, rosées et blanches, marque une exquise minute de la belle saison qui débute, et au-dessus des haies, dans la masse des verdures où s'égrènent les cosses des marronniers, c'est comme un panache d'enseigne printanière, je me souviens d'une folle qui chantait :

Les lilas sont en fleurs, bientôt fraîches écloses
A l'air pur du matin vont s'éveiller les roses...

De qui ces vers enguirlandés, tournoyant sur un rhythme lancinant de valse populaire, et qui, bien que prononcés par une

recluse, m'évoquèrent aussitôt les retours de banlieue des dimanches, les refrains ivres des soirs, les bras enserrant les tailles, les paupières comme mi-closes pour ne pas trahir en des regards énamourés les consentantes étreintes, les jambes lasses alanguissant la marche, les bras chargés de bottelées de lilas.

C'est véritablement une des bonnes charités de la nature, cet arbuste qui donne sans compter, qui enjolive les sentes, réjouit les bosquets, qui met ses grappes à la portée de la main, les balance au-dessus des têtes, en embaume l'air à profusion.

Le passant le cueille, le lilas par branches touffues, la feuille mêlées à la fleur ; on n'a pas besoin de le disposer à la manière des professionnelles bouquetières en arrangements combinés, plus ou moins symbolistes, plus ou moins harmonieux ; il vaut par lui-même, se suffit sans entours, sans ambiance, sans collerette de papier, il doit rester le charme vivace ayant poussé librement.

Sur les quais de l'île Saint-Louis, au haut de l'escalier des bateaux-lavoirs, ce sont des arbustes — civilisés, pourrait-on dire, qui vivent dans des boîtes carrées, avec de fausses élégances d'orangers en caisse.

Placés comme des sentinelles de chaque côté du perron de fer, ils donnent par les lourds soleils d'été un maigre ombrage, mettent sur les larges pavés du bord de toutes petites oasis de fraîcheur, montrent des végétations mièvres qui se reflètent dans l'eau incessamment remuée par les toueurs tirant des chalands, par les bateaux-mouches qui jouent de l'hélice, et plus près, sur les berges, par les chevaux qui se baignent, les chiens qu'on lessive, les gamins qui s'amusent.

En face, les vieilles maisons s'alignent, inégales, bossuées, aux pignons moisis, aux enseignes innombrables, aux multiples commerces, d'allures provinciales, avec des cabarets poussiéreux, des bureaux de placement tranquilles, des boutiques pour pêcheurs à la ligne.

Avoisinant le Jardin des Plantes, la Halle aux vins est plus tumultueuse, davantage populacière ; une foule s'y agite, des fontaines coulent pour les rinçages, les haquets sans ridelles laissent glisser les barriques sous les cordes lâches, les chevaux s'ébrouent à la file, on clâme des appels de numéros, les douaniers circulent armés de leurs sondes, on discute, on achalande, on goûte, on claque de la langue, et une atmosphère vineuse fait s'étioler les lauriers roses dont les racines manquent de terre dans de vieux tonneaux défoncés, dont les branches essaient en vain de s'écarter, de forcer les cercles qui les enserrent.

Ces alignées d'arbustes, mal soignés et ternis par la poussière environnante, par le remuement des arrivages et des charrois, sont emblématiques distractions de marchands de boissons, tous les troquets en ont ainsi dans la Ville, parent leur devanture de ces quelques feuilles piteuses que le garçon époussète et que les chiens arrosent.

Ceux du quai de Bercy ne valent pas mieux, sont aussi dégénérés, souffrent autant de leur séjour urbain, et il faut plaindre les pauvres mercenaires du labeur quotidien qui ne connaissent que ce semblant de végétation maladive, anémiée, chlorotique.

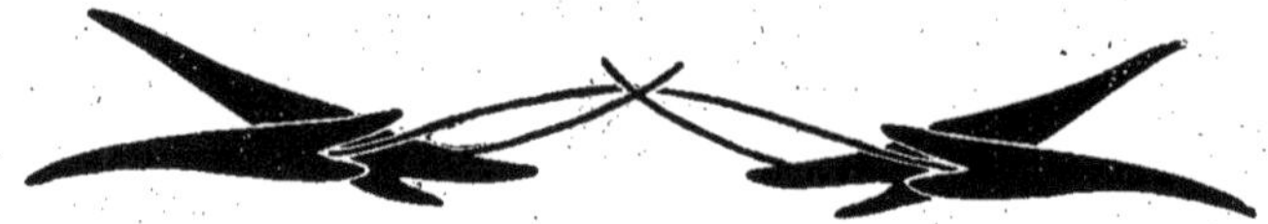

Pour le jardin de l'éclusier, pour les caissettes des péniches, pour le platane de l'Opéra, pour la vigne de l'Institut, pour le balcon de Sévérine, pour le potager de l'aiguilleur, pour la tonnelle de l'invalide, pour la terrasse du curé, etc., la chose essentielle, primordiale, qu'il a fallu et qu'il faut, c'est la terre, c'est l'humus.

Il se trouve un endroit où on l'a aussi bonne que possible, grasse et fertile à souhait, c'est au cimetière, et là les fleurs deviennent " entractes de tombes ".

Entre les dalles blanches épigraphiées de noms et de dates, les caveaux orgueilleux, les simples croix de bois, innombrables se pressent ces traductions colorées du culte qu'on garde aux morts ; bordures de buis, primevères, immortelles, la nomenclature est superflue, — l'enclos des souvenirs est un véritable jardin aux aspects variés ; qu'il soit situé à Montmartre, au versant de la Butte, parmi une façon de forêt idéalement pittoresque, ou bien au Père-Lachaise dans la banalité de l'immense nécropole, ou encore en d'éloignés faubourgs de banlieue, c'est toujours une façon de square aux massifs bien rangés, aux plates-bandes bien ordonnancées, aux corbeilles dignes d'historier des pelouses ; il n'importe même de le considérer en telle ou telle saison, il est incessamment fleuri, la fidélité aux chères mémoires sait renouveler ses expressions, et les parterres funèbres s'entretiennent et se varient tout au long des douze mois de l'année ; à côté des verroteries hideuses, des couronnes de métal découpé, des ex-voto mensongers, il y a, ne fût-ce qu'un simple bouquet, fleurettes de printemps ou d'automne, acquisition faite en venant à la petite voiture de la marchande qui crie : " La violette ! la belle violette ! le muguet des bois ! voici les roses, les roses de Nanterre ! "

Cette chose éphémère pare cette éternité, la Mort, et suffit à l'idéaliser, ce qui est nécessaire si l'on se rappelle la description de Balzac dans " Ferragus " : " ...Il y a des bons mots gravés en noir, des épigrammes contre les curieux, des concetti, des adieux spirituels, des rendez-vous pris où il ne se trouve jamais qu'une personne, des biographies prétentieuses, du clinquant, des guenilles, des paillettes. Ici, des thyrses ; là, des fers de lance ; plus loin, des urnes égyptiennes ; çà et là, quelques canons ; partout, les emblèmes de mille professions ; enfin, tous les styles ; du mauresque, du grec, du gothique, des frises, des oves, des peintures, des urnes, des génies, des temples... C'est une infâme comédie ! c'est encore tout Paris avec ses rues, ses enseignes, ses hôtels ; mais vu par le verre dégrossissant de la lorgnette, un Paris microscopique, réduit aux petites dimensions des ombres, des larves des morts, un genre humain qui n'a plus rien de grand que sa vanité. "

Le puissant spectateur de la Comédie humaine, dont le buste là-haut, sur la colline, domine Paris, ne s'est pas attardé aux « entr'actes des tombes », il n'a pas vu cet entour de feuillages et de corolles qui enlinceule les sépultures, cette coquetterie que l'on a de fleurir le passé et les disparus, ce joli motif de croquis à l'eau-forte pour illustrer une plaquette.

Oui, l'alpha et l'omega, c'est la terre, c'est l'humus ; de là vient la fleur, là elle retourne, c'est le commencement et la fin de tout ; roses altières, orchydées triomphantes, branches de lilas liliales, il arrive une heure, une minute où, sans attendre que se termine votre agonie, l'on vous jette à la borne, et le biffin de Gennevilliers vous prend parmi les débris lamentables.

Attelée d'un pauvre âne pensif et résigné, geignante sur ses ressorts, brinqueballante, la petite charrette passe, et, comme celles de la Terreur, ce sont des condamnées qu'elle emporte !

Imprimerie Renaudie
Paris, 56, rue de Seine

Entr'actes de Pierres

Texte par MAURICE GUILLEMOT
Eaux-fortes par EUGÈNE BÉJOT

Paris est la Ville-Protée, multiforme, tour à tour gaie ou triste, sombre ou lumineuse, banale ou pittoresque, une et encyclopédique, dont on ne saurait se lasser d'écrire l'histoire, de peindre l'aspect, de chercher les infinis détails; sa vie intense est fournisseuse de chroniques incessantes, d'albums innombrables, et les archives précieuses s'accumulent auxquelles tout artiste apporte sa contribution.

Cette fois un chroniqueur subtil et informé, un "curieux" selon l'expression d'Ernest d'Hervilly, s'est allié à un croquiste spirituel et exact dont on connaît déjà la série intitulée "Squares et jardins", et l'union de leurs fantaisies, de leur observation minutieuse, de leur attentive et passionnée enquête, a donné naissance à un très curieux livre pour amateurs, à quelque chose d'absolument inédit et d'imprévu, dont le titre est déjà une enseigne alliciante : ENTR'ACTES DE PIERRES.

De la grande ville ils ont voulu voir le côté charmeur, joliet ; parmi les rues et les boulevards, sur les hauteurs de Montmartre aussi bien qu'au courant du fleuve, ils ont cherché la petite fleurette bleue, l'oasis de verdure, le balcon enguirlandé de l'écrivain, la tonnelle de l'invalide, le verger de l'aiguilleur, la vigne de l'éclusier, tous ces menus morceaux de palette embaumante qui égaient les immenses et mornes bâtisses, ces bribes de nature qui survivent à la fièvre de travail des architectes, qui échappent aux démolitions et qui suffisent à réjouir un peu la vue, qui attirent et qui consolent.

En lettré flânochant au hasard des badauderies, M. Maurice Guillemot nous invite à respirer les roses de l'archiprêtre de Notre-Dame, à goûter les vendanges du préposé aux portes du canal Saint-Martin, à admirer les soleils rutilants, disques d'or intense, dont la petite cabane est encadrée, au croisement des rails, près du pont de l'Europe, dans le brouhaha et les nuages de la gare ; et tout cela, qui est la poésie élégante dans la prose de l'existence mercenaire, des soucis fidèles, des labeurs pesants, de l'inquiétude vitale, tout cela, il nous le montre, il nous le donne à sentir comme un de ces bouquets que la grisette, ou mieux, la midinette, rapporte de son dimanche d'été, et dont elle pare pour la semaine entière sa mansarde trop nue, sa fenêtre trop triste.

Afin de bien affirmer la toile de fond immuable de ce panorama qui défile en quelques pages, M. Eugène Béjot a mis dans chacune de ses eaux-fortes le leit-motiv de la Ville, avec ses quais, ses dômes, ses flèches, ses monuments, ses arbres.

Cet ouvrage se pourrait appeler un Baedeker de poète, et il révèlera, même à des Parisiens parisiennant, bien des coins délicieux de leur Ville qu'ils ignorent.

L'information est précieuse, le texte élégant, l'illustration très artiste, la fabrication, au sens technique du mot, originalement soignée, un tirage restreint garantit la sélection de l'acheteur. Et sur le rayon préféré de la bibliothèque, là où sans préoccupation de formats, d'épaisseurs, de couleurs, on aligne les bijoux typographiques, ENTR'ACTES DE PIERRES aura sans nul doute place d'honneur.

Entr'actes de Pierres

Un vol. in-4 carré, illustré de dix eaux-fortes hors texte et dans le texte avec couverture en couleurs par Eugène Béjot. Chaque eau-forte sera tirée d'un ton différent.

Justification du tirage : 325 exemplaires numérotés.

Nos 1 à 5 : Cinq exemplaires sur Japon, contenant un dessin original d'Eugène Béjot. 75 fr.

Nos 6 à 25 sur papier des manufactures impériales du Japon, avec deux épreuves des eaux-fortes dont une avant lettre. 30 fr.

Nos 26 à 325 sur papier vélin d'Arches. 10 fr.

En souscription
Librairie H. Floury, 1, Boulevard des Capucines
et chez tous les libraires.

www.ingramcontent.com/pod-product-compliance
Ingram Content Group UK Ltd.
Pitfield, Milton Keynes, MK11 3LW, UK
UKHW020959220726
13924UKWH00002B/780